AF363765

Vente du Mercredi 29 Mai 1872

SALLE N° 3

# COLLECTION

DE

## M. LE MARQUIS DE VALCARLOS

# OBJETS D'ART

ET DE

# CURIOSITÉ

ORFÉVRERIE, CRISTAUX DE ROCHE

BOÎTES, ÉMAUX CLOISONNÉS, PORCELAINES, BRONZES, MARBRES

TAPISSERIES, MEUBLES

ÉTOFFES, TABLEAU DE GREUZE

## EXPOSITION PUBLIQUE

LE MARDI 28 MAI 1872

M° CHARLES OUDART, COMMISSAIRE-PRISEUR

M. ÉMILE BARRE, EXPERT

J. Claye, imprimeur
7, rue St-Benoit, à Paris.

# CONDITIONS DE LA VENTE

Elle sera faite au comptant.

Les acquéreurs payeront, en sus de leur prix d'adjudication, *cinq centimes par franc*, applicables aux frais.

---

Le Catalogue n'est fait qu'à titre de renseignement; les énonciations qu'il renferme ne peuvent jamais être considérées comme des garanties.

L'Exposition mettant les adjudicataires à même de se rendre compte de la nature et de l'état des objets, il ne sera admis aucune réclamation une fois l'adjudication prononcée.

# VENTE

*AUX ENCHÈRES PUBLIQUES*

DES

# OBJETS D'ART

ET

# DE CURIOSITÉ

ORFÉVRERIE DES XVI<sup>e</sup>, XVII<sup>e</sup> ET XVIII<sup>e</sup> SIÈCLES

CRISTAUX DE ROCHE, TABATIÈRES, BIJOUX

ÉMAUX CLOISONNÉS

## OBJETS D'AMEUBLEMENT

COMMODES ET VITRINES LOUIS XIV
PETITS MEUBLES LOUIS XVI ET AUTRES, STATUE ET PETITS
BUSTES EN MARBRE BLANC
PORCELAINES DE CHINE ET DU JAPON
BRONZES CHINOIS, PENDULES
CASTELS, VASES ET FLAMBEAUX EN BRONZE

# TABLEAUX

DONT UN PAR GREUZE

## OBJETS DIVERS

COMPOSANT LA COLLECTION DE

# M. LE MARQUIS DE VALCARLOS

DONT LA VENTE AURA LIEU

## HOTEL DROUOT, SALLE N° 3

## Le Mercredi 29 Mai 1872

PAR LE MINISTÈRE DE M<sup>e</sup> CHARLES OUDART, COMMISSAIRE-PRISEUR
31, rue Le Peletier

ASSISTÉ DE M. ÉMILE BARRE, EXPERT
20, Chaussée-d'Antin

## EXPOSITION PUBLIQUE

LE MARDI 28 MAI 1872, DE 1 HEURE 1/2 A 5 HEURES 1/2

# DÉSIGNATION

## ORFÉVRERIE

### CRISTAUX DE ROCHE, TABATIÈRES, BIJOUX

1. — Très-beau vidercome en ivoire sculpté, ancienne monture en bronze doré. La pièce est surmontée d'une statuette équestre de *Marc-Aurèle*, aussi en ivoire.

Travail de la fin du XVIᵉ siècle.

2. — Vase à jeu hydraulique en argent repoussé à bossages et doré, avec couvercle surmonté des armes de Russie.

Poids 1170 grammes.
Vente de San Donato, nᵒ 344 du catalogue.

3. — Vase à boire en vermeil, en forme de vaisseau monté par des guerriers combattant. Le pied repoussé, à dauphins, est relié au vase par un balustre.

Travail allemand du XVIᵉ siècle.
Hauteur 0ᵐ,50 c. — Poids 775 grammes.
Vente de San Donato, nᵒ 145 du Catalogue.

4. — Grand vase à couvercle, en vermeil repoussé,
à bossages et ornements, supporté par une
figurine en argent tenant un sabre. Le couvercle est surmonté d'une autre figurine.

> Travail allemand du XVII<sup>e</sup> siècle.
> Hauteur 0<sup>m</sup>,46 c. — Poids 900 grammes.
> Vente de San Donato, n° 346 du Catalogue.

5. — Vase en argent repoussé, à bossages et doré
en partie, sur pied formé d'un tronc d'arbre
avec bûcheron et couvercle surmonté des
armes de Russie.

> Travail allemand du XVII<sup>e</sup> siècle.
> Hauteur 0<sup>m</sup>,44 c. — Poids 618 grammes.
> Vente de San Donato, n° 350 du Catalogue.

6. — Boîte à thé de forme hexagone, en vermeil
repoussé, à trophées d'armes et bustes d'em-
pereurs romains.

> Travail allemand du XVII<sup>e</sup> siècle.
> Poids 1200 grammes.
> Vente de San Donato, n° 42 du Catalogue.

7. — Petite salière en vermeil, sur pied, ornée de
trois têtes de dauphin.

> Vente de San Donato, n° 1203 du Catalogue.

8. — Grand vidercome en argent repoussé. La panse
représente le sujet d'Esther et d'Assuérus.

> Travail allemand.

9. — Très-beau bas-relief en argent repoussé, représentant la Nativité.

Travail de la fin du XVI⁰ siècle.

10. — Charmante petite paire de flambeaux, époque
Louis XIV, en argent gravé, avec armoiries.

11. — Deux salières Louis XVI en argent.

12. — Vase en vermeil repoussé en forme d'ananas,
monté sur un tronc d'arbre avec figure de
bûcheron en argent.

Travail allemand du XVII⁰ siècle.
Vente de San Donato.

13. — Coupe en cristal de roche avec couvercle, surmonté d'une chimère, monture en argent
émaillé.

14. — Jolie petit vase à fleurs, forme cornet, en cristal
de roche.

15. — Coupe en cristal de roche, montée en argent
émaillé.

16. — Deux petits vases sur pieds, en cristal de roche
avec monture en argent émaillé.

17. — Canne en écaille avec riche poignée en or
ciselé, ornée d'une améthyste.

18. — Très-belle parure en mosaïque de Rome, montée en or.

19. -- Tabatière en agate, montée en or, époque
Louis XVI.

20. — Tabatière en or émaillé, ornée d'une miniature
de *Van Blaremberghe*.

21. — Autre tabatière en or émaillé, fond vert, ornée
de brillants et de perles fines.

22. — Petit médaillon Louis XVI en émail, monté en
or et perles fines, avec chaînette en or.

23. — Petite montre Louis XIII en or émaillé, fond
vert.

24. — Très-joli petit carnet, époque Louis XVI, en
écaille piquée d'or.

25. — Deux petits couteaux en poudre d'écaille, mon-
tés en or, époque Louis XVI, dont un avec
lame d'argent.


# ÉMAUX, MINIATURES

## OBJETS DE CURIOSITÉ

26. — Grande plaque en émail à paillons, portant un
monogramme et la date 1552, et représentant
le Christ en croix et les Saintes Femmes.

27. — Coupe forme œuf d'autruche, en émail à sujets
mythologiques, montée en argent doré.

28. — L'Épouse indiscrète, miniature de *Baudoin*.

29. — Le Rendez-vous, miniature de *Baudoin*.

30. — Poire à poudre en cuivre repoussé et gravé, munie de sa garniture en fer.

31. — Grès de Flandre, émail de couleur, le couvercle en étain fleurdelisé.

32. — Vase en grès ancien.

33. — Trente-huit plats hispano-arabes à reflets métalliques.

34. — Paire de ciseaux formée d'un oiseau en damas.

35. — Colombe formant brûle-parfum en damas, damasquiné d'or.

36. — Belle corbeille de derviche, à couvercle en damas finement percé à jour et à ornements damasquinés d'or.

37. — Petit tableau en pierres dures, lapis lazuli et autres renfermant deux médaillons, bustes en pierres dures et en relief, travail de la renaissance italienne.

38. — Autre médaillon, dans une riche bordure sculptée, représentant deux figures en incrustation de pierres dures.

39. — Très-joli petit monument en ébène, avec ornements en argent repoussé ; à l'intérieur une
petite statuette en corail.

40. — Très-belle boîte en laque aventurinée, ornée
de bouquets de fleurs en relief.

41. — Très-grand et beau Christ en ivoire, sur pied
en chêne sculpté, époque Louis XIII.

# OBJETS CHINOIS ET JAPONAIS

## ÉMAUX CLOISONNÉS

### PORCELAINES ET BRONZES

42. — Un brûle-parfum, forme pagode en émail cloisonné de la Chine, fond bleu turquoise sur
pied en bois de fer. Très-belle pièce.

43. — Deux grands et beaux vases en émail cloisonné fond bleu turquoise, décoré de
poisson.

*Ces deux belles pièces peuvent être montées en lampes.*

44. — Une paire de bouteilles en émail cloisonné,
fond bleu turquoise, décor de fleurs.

45. — Une paire de bouteilles, forme gourde, fond
brun vermicellé en émail cloisonné.

46. — Une paire de jardinières en émail cloisonné
de la Chine, fond bleu turquoise, décor de
fleurs.

47. — Deux pots en émail cloisonné du Japon.

48. — Deux brûle-parfums en émaux cloisonnés de la
Chine, très-ancienne qualité, décor de cou-
leurs variées sur fond turquoise.

49. — Plat rond ; au centre une rosace avec encadre-
ment en émail cloisonné de la Chine.

50. — Deux jolis vases, forme potiche, décor de
fleurs, en émail cloisonné de la Chine.

51. — Deux vases à couvercle en émail cloisonné de
la Chine.

52. — Un grand vase en bronze chinois, fond aventurine sur socle en bois de fer.

53. — Un vase gourde en bronze chinois, à panse
aplatie, damasquiné, argent et or.

54. — Deux brûle-parfums en bronze aventurine,
avec socle et couvercle en bois de fer.

55. — Un autre vase en bronze, à côtes et à anses
formés par des branchages avec pied en bois
de fer.

56. — Une belle paire de potiches en porcelaine du
Japon, polychrome.

57. — Un service de cent trente pièces, porcelaine
de Chine, décor bleu et or, avec armoiries
d'une ville de France.

58. — Beau vase en porcelaine du Japon.

59. — Petit flacon à parfum en porcelaine de Chine,
à personnages.

# MARBRES

60. — Jeune femme tenant une corbeille de fleurs.

Statuette en marbre blanc par *G. Lazerini.*

61. — *Bacchante,* petit buste en marbre blanc.

62. — *Nymphe,* petit buste en marbre blanc.

# OBJETS D'AMEUBLEMENT

## MEUBLES, BRONZES, PENDULES

63. — Commode Louis XIV, en marqueterie de
Boule, écaille et cuivre.

64. — Commode Louis XIV, en bois noir, marqueterie de cuivre et bronze doré.

65-66. — Deux belles vitrines anciennes, époque
Louis XIV, en bois noir avec filets de
cuivre et ornements en bronze ciselé.

67. — Table de milieu en bois noir, orné de bronzes
très-finement ciselés, avec médaillons en
mosaïque de Florence.

67 *bis*. — Petit meuble à deux corps, de la Renaissance, en noyer sculpté.

68. — Banquette Louis XIV, en chêne sculpté, avec
médaillon représentant un buste de femme.

69. — Petit bureau bonheur du jour, époque
Louis XVI, en acajou orné de bronzes.

70. — Petit meuble en laque buyantée, à tiroirs, formant table à ouvrage.

71. — Charmante petite pendule Louis XV, en bronze
doré, surmontée d'une statuette de Nep-
tune supportée par une chimère et un
dauphin.

72. — Très-joli cartel fin, Louis XIV, en bronze
doré, surmonté d'une figure de nymphe et
supporté par deux petits Amours.

73. — Pendule Louis XIV, en marqueterie de Boule,
avec son cul-de-lampe.

74. — Petite pendule Louis XVI, en marbre blanc.
ornée de bronzes dorés et surmontée d'une
statuette de femme, aussi en marbre blanc.

75. — Deux petits flambeaux en bronze doré, époque
Louis XVI, sur socle en marbre blanc.

76. — Deux vases porte-lampes en bronze doré.

77. — Plat en métal repoussé.

# TAPISSERIES

78. — Cinq tapisseries anciennes.

79. — Très-belle tenture d'appartement en broderie
de soie sur crochet, représentant des personnages mythologiques et composée de
cinq pièces.

80. — Chasubles et broderies de la Renaissance et
du XV⁰ siècle.

# TABLEAUX

## ECOLE ALLEMANDE.

81. — Une Noce en Norwége.

82. — Un Bal en Norwége.

## BERTRON.

83. — Pastel.

## FRAGONARD (*attribué à*).

84. — La Mort d'Iphigénie.

## GREUZE.

85. — Petit Portrait d'enfant en buste.

Œuvre charmante du maître.

## GOYA.

86. — Portrait de femme andalouse.

## LARGILLIÈRE (*attribué à*).

87. — Portrait de femme.

## LETHIÈRE.

88. — Sujet allégorique.

## MIGNARD.

89. — Portrait.

## VIEN.

90. — La Peste.

## VERNET (J.).

91. — Port de mer italien.

92. — Deux Marines.

PARIS. — J. CLAYE, IMPRIMEUR, 7, RUE SAINT-BENOIT. — [1047]

RED. :

22

graphicom

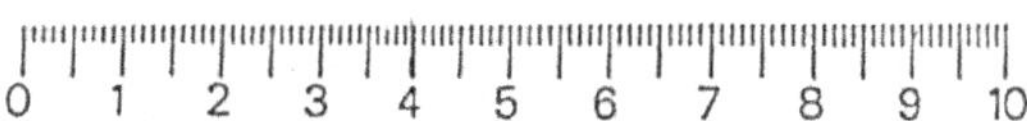

# BIBLIOTHEQUE NATIONALE DE FRANCE

****

# CHATEAU DE SABLE

1995